İlk Okuma

Hava Durumu

Catriona Clarke

TÜBİTAK
POPÜLER BİLİM KİTAPLARI

TÜBİTAK Popüler Bilim Kitapları 322

İlk Okuma - Hava Durumu
Beginners - Weather
Catriona Clarke
Resimleyen: Kuo Kang Chen
Çeviri: Alp Akoğlu

TÜBİTAK Popüler Bilim Kitapları'nın seçimi ve değerlendirilmesi TÜBİTAK Kitaplar Yayın Danışma Kurulu tarafından yapılmaktadır.

ISBN 978 - 975 - 403 - 517 - 9

1. Basım Nisan 2010 (15.000 adet)
2. Basım Haziran 2012 (5000 adet)
3. Basım Kasım 2013 (10.000 adet)

Genel Yayın Yönetmeni: Dr. Zeynep Ünalan
Yayın Yönetmeni: Dr. Oğuzhan Vıcıl
Mali Koordinatör: Mehmet Ali Aydınhan
Telif İşleri Sorumlusu: Esra Tok Kılıç

Yayıma Hazırlayan: Özlem Özbal
Basım Hazırlık ve Son Kontrol: Şermin Korkusuz
Sayfa Düzeni: Ayşe Taydaş
Basım İzleme: Yılmaz Özben

TÜBİTAK
Kitaplar Müdürlüğü
Akay Caddesi No: 6 Bakanlıklar Ankara
Tel: (312) 298 96 61 Faks: (312) 428 32 40
e-posta: kitap@tubitak.gov.tr
www.kitap.tubitak.gov.tr
esatis.tubitak.gov.tr

Salmat Basım Yayıncılık Ambalaj San. ve Tic. Ltd. Şti.
Sebze Bahçeleri Cad. (Büyük Sanayi 1. Cad.) Arpacıoğlu İşhanı 95/1 İskitler Ankara
Tel: (312) 341 10 24 Faks: (312) 341 30 50

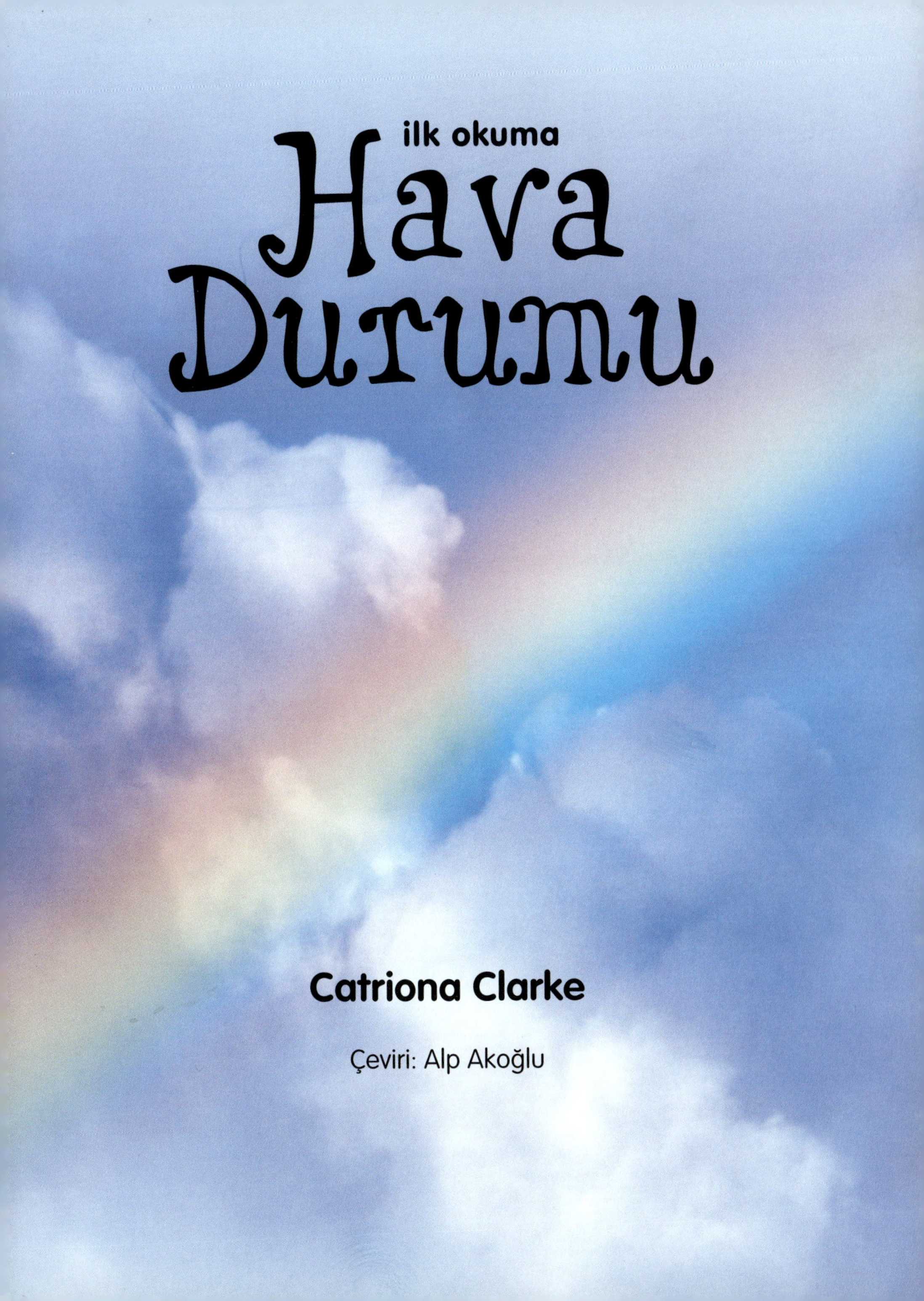

ilk okuma

Hava Durumu

Catriona Clarke

Çeviri: Alp Akoğlu

İçindekiler

3 Bulutlu ya da açık
4 Hava durumu
6 Su hareket halinde
8 Hava bulutlanıyor
10 Buz kristalleri
12 Elektrikli hava
14 Buz topları
16 Vahşi rüzgâr
18 Korkunç hortumlar
20 Hava tahmini
22 Hava ve hayvanlar
24 Sıcak ve soğuk
26 Olağandışı hava
28 Küresel ısınma
30 Sözlük
31 Dizin

Bulutlu ya da açık

Hava güneşli, yağmurlu, rüzgârlı ya da karlı olabilir. Şu anda her tür hava koşulu dünyanın bir yerlerinde yaşanıyor.

Bu, ABD'de New York'taki bir kar fırtınası.

Hava durumu

Hava durumu üç ana şeye bağlıdır: ısı, su ve hava.

Güneş'in yaydığı ısı yeryüzünü ısıtır.

Su, bulutları, yağmuru ve ayrıca sisi, doluyu ve karı oluşturur.

Hava her zaman hareket halindedir. Rüzgâr esmesini sağlayan budur.

Yeryüzü, atmosfer adı verilen kalın bir hava katmanıyla sarılıdır. Hava olayları burada oluşur.

Uzaydan bakıldığında, atmosfer yeryüzünü çevreleyen soluk mavi bir katman olarak görünür. Beyazlıklar bulutlardır.

Su hareket halinde

Su, her zaman denizler, göller, akarsular ile hava ve karalar arasında hareket halindedir. Buna su döngüsü denir.

1. Güneş denizdeki suyu ısıtır ve onu görünmez bir gaza dönüştürür.

2. Gaz yükselir ve minik su damlacıklarına dönüşerek bulutları oluşturur.

Üzerinize yağan yağmur, milyonlarca yıl önce bir dinozorun üzerine de yağmış olabilir.

3. Minik damlacıklar birbirleriyle birleşerek daha büyük damlacıklar oluşturur.

4. Su damlacıkları ağırlaştıklarında yağmur olarak düşerler.

5. Akarsular yağmur suyunu denizlere geri taşır. Su döngüsü yeniden başlar.

Hava bulutlanıyor

Farklı bulut tipleri farklı hava koşullarının yaşanacağı anlamına gelir.

Kabarık beyaz kümülüs bulutları genellikle iyi havanın habercisidir.

Gökyüzünü kaplayan stratus bulutları sis ya da hafif yağmur olabileceğini gösterir.

Yükseklerdeki ince sirrüs bulutları yağmur ya da kar habercisi olabilir.

Büyük bir kümülonimbus bulutu gök gürültülü fırtına habercisi olabilir.

Minik su damlacıkları yere yakın oluştuğunda buna sis ya da pus denir.

Bu, ABD Kaliforniya'daki Golden Gate Köprüsü. Burası çoğu zaman sislidir.

Buz kristalleri

Çok soğuk havalarda, bulutlardaki su donarak kar taneleri adı verilen ufacık buz kristalleri oluşturur.

Kar taneleri genellikle altıgen biçimlidir.

Hiçbir kar tanesinin şekli bir başkasının-kiyle aynı değildir.

Kar taneleri mikroskop altında böyle görünürler.

Karlı havalarda, çatılardaki ya da ağaçlardaki karın üzerine güneş ışığı düştüğünde buz sarkıtları oluşur.

Kar erir. Su akarken gölgede kalan soğuk yerlerde donar.

Daha çok su yavaşça akıp donarak buzdan "parmaklar" oluşturur.

Elektrikli hava

Gök gürültülü fırtınalar, gökyüzünde kümülonimbus bulutları oluştuğunda gerçekleşir.

Bulutun içindeki güçlü rüzgârlar yağmur, kar ve doluyu döndürerek hareket ettirir. Bunun sonucunda elektrik yükleri birikir.

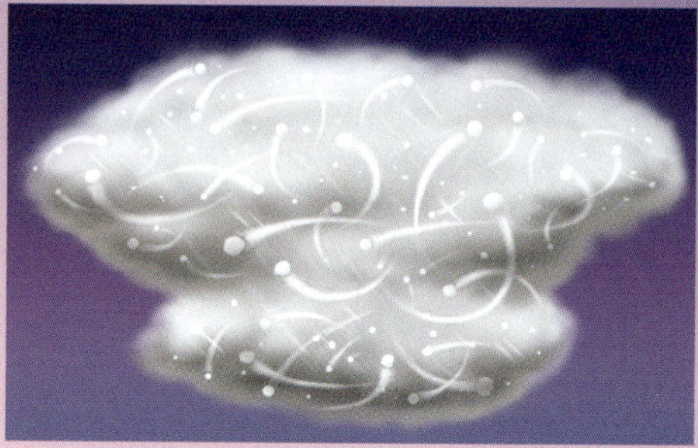

Biriken yükün boşalmasıyla şimşek oluşur. Gökyüzü ile yer arasındaki elektrik yükü boşalmasına yıldırım da denir.

Bazen buluttan yere doğru uzanan yıldırım, yolu üzerindeki ağaçlara ve binalara düşer.

Gök gürültüsü, şimşeğin çevresindeki havanın ısınmasıyla oluşur.

Bu tip şimşeğe çatallı şimşek denir.

Şimşek çakmasını her zaman gök gürültüsünü duymamızdan önce görürüz, çünkü ışık sesten hızlı yol alır.

Buz topları

Dolu, dev fırtına bulutlarının içinde oluşur, bu nedenle dolu yağışına genellikle fırtına, şimşek ve yıldırımlar eşlik eder.

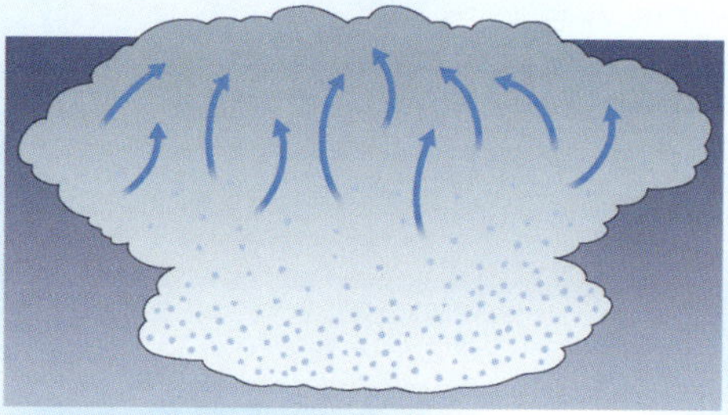

1. Su damlacıkları hava hareketleriyle bulutun tepesine taşınır.

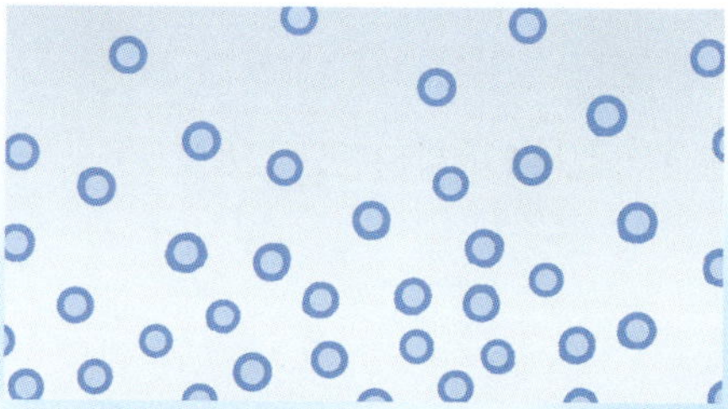

2. Damlacıklar donar. Aşağı düşerlerken çevrelerinde bir su katmanı oluşur.

3. Dolu yeniden bulutun tepesine taşınır ve üzerindeki su katmanı donar.

4. Bu, dolu tanesi yere düşecek kadar ağırlaşana kadar defalarca tekrarlanır.

Bir dolu tanesi ortadan ikiye kesilirse, bir soğan gibi katmanlardan oluştuğu görülür.

Bu, bilinen en büyük dolu tanesi. ABD'nin Nebraska eyaletine 2003'te düştü.

Buradaki görüntüde, gerçek boyutunun yarısından biraz fazla büyüklükte.

Vahşi rüzgâr

Rüzgâr hareket eden havadır. Sıcak hava yükselip soğuk hava onun yerini alırken oluşur.

Rüzgârın şiddeti, 1'den 12'ye kadar değişen bir ölçekle ifade edilir.

2 şiddetindeki esinti, asılı çamaşırları hafifçe hareket ettirir.

5 şiddetindeki rüzgâr, ağaçlardan yaprakları koparır.

9 şiddetindeki rüzgâr, kuvvetli fırtınadır. Çatılardaki kiremitleri uçurabilir.

12 şiddetindeki rüzgâr, kasırgadır. Evleri yıkabilir.

Kasırgalar sıcak havanın deniz veya okyanus üzerinde hızla yükselerek dönmesiyle başlar. Bu, şiddetli fırtınaya ve yoğun yağmura yol açar.

Kasırga karaya ulaştığında dev dalgalar ve güçlü rüzgârlar sahili döver.

Korkunç hortumlar

Hortumlar, şiddetli, dönen rüzgârlardır. Tornado olarak da adlandırılırlar.

Bir hortum dev bir elektrikli süpürgeye benzer. Yerdeki şeyleri içine çeker.

1. Fırtına bulutunun içindeki hava, yavaş yavaş dönmeye başlar.

2. Hava giderek daha hızlı döner. Bulutun biçimi değişmeye başlar.

3. Sıcak hava bulutun içine emilir. Bulutun alt kısmı huni biçimini alır.

4. Bulut yere değer. Hareket ederken yolunun üzerindeki her şeyi yıkar.

Hortumlar bazen göllerdeki balık ve kurbağaları içine çekebilir.

Hava tahmini

Bilim insanları havayla ilgili ölçümler yapar ve havanın nasıl olacağıyla ilgili tahminlerini bize söyler.

Hava gözlem istasyonlarında rüzgâr hızı ve yağış miktarı ölçülür.

Özel uçaklar içlerinde uçarak bulutları inceler.

Uzaydaki uydular, Dünya'daki bulutların ve fırtınaların fotoğraflarını çeker.

Bazı insanlar yağmur yağacağı zaman ineklerin yere uzandığını düşünür.

Yükseklerdeki hava sıcaklığını ölçmek için meteoroloji balonları kullanılır.

Bilim insanları elde edilen verileri kullanarak hava tahmini yaparlar.

Aşağıdaki dönen beyaz bulut, Atlantik Okyanusu üzerindeki bir kasırgadır.

Hava ve hayvanlar

Hava durumu ve iklim koşulları hayvanların davranışlarını da etkiler.

Örneğin, bir Amerikan tavşanının rengi, yazın kahverengiyken kışın beyaza dönüşür.

Avlanan kartallar tavşanı karın üzerinde seçemez.

Bazı kuşlar soğuk kış koşullarından uzaklaşmak için her yıl çok uzun mesafeler uçar.

Bazı hayvanlar, örneğin fındık fareleri, havanın soğuk olduğu aylar boyunca uyurlar. Buna kış uykusuna yatmak denir.

Bir fındık faresi, hava soğumaya başladığında çok miktarda meyve ve tohum yer.

Bir ağacın içine ya da yeraltına yuva yapar ve uyur.

Altı ay sonra uyanır; yaklaşan yaza hazırdır.

Sıcak ve soğuk

Bazı yerlerde hava koşulları çok ağırdır. Buralarda pek fazla insan ya da hayvan yaşamaz.

Afrika'daki Sahra Çölü yeryüzündeki en sıcak ve kuru yerlerden biridir.

Çölde develer yaşayabilir, çünkü susuzluğa uzun süre dayanabilirler.

Kızgın güneşin altında kayalar o kadar ısınır ki üzerlerinde yumurta pişirebilirsiniz.

Antarktika yeryüzündeki en soğuk yerdir.

Penguenler orada yaşayabilen birkaç hayvandan biridir.

Kışın ısınabilmek için birbirlerine iyice sokulurlar.

Olağandışı hava

Dünyanın bazı yerlerinde, hava ilginç şeylerin oluşmasına yol açar.

Bazen bunun gibi garip şekilli bulutlar oluşur.

Bu tip bulutlara mercek bulut denir. Genellikle dağların yakınlarında oluşurlar.

Bazen gökten kırmızı yağmur damlaları düşer.

Rüzgârlar Afrika çöllerindeki tozu kaldırır ve denizin ötesine taşır.

Çöl tozu bulutlardaki yağmur damlacıklarıyla karışarak kırmızı yağmuru oluşturur.

Bir keresinde ABD'de, Mississippi'deki bir fırtına bulutundan içinde bir kaplumbağa bulunan bir dolu tanesi düşmüştü.

Küresel ısınma

Birçok bilim insanı, Dünya atmosferinin yavaş yavaş ısındığını düşünüyor.

Atmosferdeki hava, bir battaniye gibi yeryüzünü sıcak tutar.

Petrol, kömür ve benzeri yakıtlar yakıldığında havaya çeşitli gazlar salınır.

Bu gazlar Güneş'in ısısını tuttukları için atmosfer ısınır.

Hayvanlar da atmosfere salınan gazlara katkıda bulunur.

Eğer dünya ısınırsa, hava koşulları değişir. Soğuk yerlerdeki buzlar ve karlar eriyerek etkisi büyük olan sellere yol açabilir.

Bundan yüzlerce yıl sonra, bu buz tamamen erimiş olabilir.

Sözlük

Bu kitapta geçen bazı sözcüklerin anlamını bilmiyor olabilirsiniz. Bu küçük sözlükte bilmediğiniz sözcüklerin anlamlarını bulabilirsiniz.

buz kristali: Donmuş bir su damlası. Kar taneleri buz kristalleridir.

dolu tanesi: Bir gök gürültülü yağmur bulutunda oluşan buz tanesi.

hava gözlem istasyonu: Bilim insanlarının hava ölçümleri yaptıkları yer.

kasırga: Şiddetli fırtına. Tayfun ya da siklon olarak da bilinirler.

şimşek: Bir bulutun içinde ya da bulutla yer arasında gerçekleşen elektrik akımı sırasında oluşan ışık parlaması.

yıldırım: Bir gök gürültülü yağmur bulutuyla yer arasında gerçekleşen elektrik akımı sonucunda oluşan ışık parlaması.

Dizin

Antarktika 25
atmosfer 5, 28, 29
bulutlar 4, 5, 6, 8-9, 10, 12, 14, 19, 20, 21, 26, 27, 30
buz sarkıtları 11
dolu 4, 12, 14-15, 27, 30
gök gürültülü fırtına 9, 12-13
Güneş 4, 6, 24, 28
hava tahmini 21
hayvanlar 22-23, 24, 25, 27, 29
hortumlar 18-19
ısı 4, 13, 24, 28
insanlar 24
kar 3, 4, 9, 10-11, 12, 22, 29
kar taneleri 10-11, 30
kasırga 16, 17, 30
kış uykusu 23
küresel ısınma 28-29
rüzgâr 4, 12, 16-17, 18, 20
Sahra Çölü 24
sis 4, 8, 9
soğuk 10, 11, 16, 23, 25, 29
su döngüsü 6-7
şimşek ve yıldırım 12-13, 14, 30
uydular 20
yağmur 4, 7, 9, 12, 17, 21, 27

Fotoğraflar
© Bettman/CORBIS,10-11; © Digital Archive Japan/Alamy, 1; © Warren Faidley/Imagestate, 17; © Getty Images, 8-9, (Ed Pritchard), 18-19 (Eric Meola), 31 (Christopher Furlong); © Magrath/Folsom/Science Photo Library, 26-27; © NHPA/Martin Harvey, 24-25; © NHPA/T. Kitchin-V. Hurst, 22; © Orbimage/Science Photo Library, 20-21; © Jose Luis Pelaez, Inc./CORBIS, 2-3; © Paul A. Souders/CORBIS, 29; © Quilla Ulmer/Jim Reed Photography/Science Photo Library, 15; © A. T. Willet/Alamy, 13.

Anne Babalara Notlar

Kitaplarımız belirli yaş gruplarına ayrılmıştır ancak her çocuğun ayrı özellikleri olduğunu unutmayınız... Bu nedenle çocuklarınız için kitap seçerken yaşına dikkat etmenin yanı sıra lütfen bireysel gelişim özelliklerini de göz önünde tutunuz.

Okuma yazma etkinlikleri bir yandan çocuğunuzun dil gelişimini hızlandırır, diğer yandan derslerdeki ve çeşitli alanlardaki başarısının temelini oluşturur. Okuma yazma sürecini başarılı bir biçimde gerçekleştiren çocuk, hem kendi duygu ve düşüncelerini daha açık anlatabilecek hem de çevresiyle daha etkili iletişim kurabilecektir. Bu kitaplarla çocuklar arasında kurulan etkileşim, çocukların estetik beğenilerini yükseltecek, yaşam ve insan gerçekliğine ilişkin bilgileri edinmelerine önemli katkılar sağlayacaktır. Böylece çocuklarımızın araştırma yapma ve okuma isteği artacak, yaratıcılığı ve düş gücü gelişecektir.

Bu kitapları okulöncesi dönemdeki çocuklarınız için de kullanabilir, kitapları onlara okuyarak anlatabilirsiniz. Çocuklarınız okumayı öğrendikten sonra aynı kitapları kendi kendilerine okuyup tekrar değerlendirebilirler.

Uçaklar
Fiona Patchett
Çiftlik Hayvanları
Katie Daynes
Kurbağalar
Anna Milbourne
Neden Yeriz?
Stephanie Turnbull
Tırtıllar ve Kelebekler
Stephanie Turnbull
Örümcekler
Rebecca Gilpin
Yanardağlar
Stephanie Turnbull
Denizin Altında
Fiona Patchett
Çöp ve Geri Dönüşüm
Stephanie Turnbull
Atlar ve Poniler
Anna Milbourne
Vücudunuz
Stephanie Turnbull
Yumurtalar ve Civcivler
Fiona Patchett
Ayılar
Emma Helbrough
Bitkiler Nasıl Büyür?
Emma Helbrough
Gemiler
Emily Bone
Kediler
Anna Milbourne
Uzayda Yaşamak
Katie Daynes
Güneş, Ay ve Yıldızlar
Stephanie Turnbull
Köpekler
Emma Helbrough
Gezegenimiz Dünya
Leonie Pratt
Gece Hayvanları
Susan Meredith
Hava Durumu
Catriona Clarke
Minik Hayvanlar
Lucy Bowman
Antarktika
Lucy Bowman
Köpekbalıkları
Catriona Clarke